KB093319

온다는 믿음

정재율

온다는 믿음

정재율

PIN
045

차례

1부
넓고 큰 창을 손바닥으로 쓸어보면
어둠이 흩어졌다

2부

여전히 그의 머리 위로
우주를 여행하는 자들이 있었다

PIN

045

온다는 믿음

정재율

시

1부

넓고 큰 창을 손바닥으로 쓸어보면

어둠이 흩어졌다

해변에서

모래사장을 걸었다 따뜻한 모래와 차가운 모래 사이에서 마음에 드는 돌을 모조리 주워 주머니 속에 넣었다

너무 무거워
잠시 쉬어가려고 비어 있는 선베드에 누워 있었는데

파도가 밀려오고
저 멀리서

낮에 수영을 하던 사람들이 오후가 되자 해파리처럼 떠밀려왔다
순식간에 난장판이 된 해변에서

사람들이 달려나가고

그중 누군가는 신이 있었다면 이럴 리가 없었을
거라고 외쳤다

나는 그들의 발자국을 바라보았다

만약 이것이 누군가의 꿈이라면 힘껏 돌을 던져
깰 수 있었겠지

그러나 나는

매끈해진 돌을 그들의 머리맡에 하나씩 내려놓고

사랑이라는 단어를 쓰지 않고 사랑을 말하기엔
나는 너무 어리석은 신이라서 모래를 털고 살아난
사람들을 구경했다

몸이 한결 가벼워져도

신을 쳐다보는 사람 하나 없었지만

객실

객실로 들어갔다 객실에는 빈 좌석이 많았고 시간이 지나면 사람들이 들어와서 앉을 예정이었다 객실의 문은 앞뒤로 한 개씩 있었다 어디가 앞이고 어디가 뒤인지 알 수 없었지만

사람들은 양쪽에서 문을 열고 들어와 각자 자신의 자리를 찾아 앉았다

역무원이 표를 검사하러 돌아다녔다 긴 통로를 계속 왔다 갔다 하면서 사람들의 발자국을 겹쳐보면서

객실은 하나의 작은 방 같았다 사람들은 가방을 선반 위로 올리고 코트를 한쪽에 걸어놓았다

밖에서 무어라 소리를 지르자
열차가 조금씩 앞으로 움직이기 시작했다

두 시간 후 첫 역에 도착할 예정이었다 그곳에서
문을 열고 또 다른 사람들이 탑승할 예정이었다 각
자 타는 곳은 달랐지만 우리는 같은 목적지를 향해
달려가고 있었다

달리는 도중에 누가 내리지만 않는다면
어느 역에서 뛰어내리지만 않는다면 그럴 것이
었다

모두들 자기 자신에게 맞게 좌석을 앞뒤로 조절
해보았다

모리키 씨는 어디로 갔을까

언젠가 우주가 나이를 먹으면

형태를 가진 모든 게 사라진다고 한다

그때가 되면 기계 몸을 가진 인간은 어떻게 될까?

나무 몸을 가진 모리키 씨는 그걸 이미 알았던 걸까?

하지만 이 우주엔 그런 생각을 하지 않고

하루하루를 즐겁게 보내는 사람들도 있다*

완벽한 기계인간이 되고 싶었어 그러면 영원히
살 수 있을 것만 같았거든
나무인간의 말이었다

열차가 잠시 멈추고

온몸이 나무로 뒤덮인 나무인간은 기계의 목소리와 기계의 손과 기계의 섬세함을 가지고 싶어 했지만

인간이 할 수 없는 일을 나무인간만이 할 수 있었기에 그는 인간을 위해 죽었다

나무인간의 이름은 모리키였다 나는 모리키 씨가 젊었을 때 화가였다는 것을 알았다 그가 붓보다 큰 담배를 피웠다는 것도 인간이었다는 사실도 사랑했던 것을 모두 그림으로 남겼다는 이야기도 흥미로웠다 만약 자신이 불에 타더라도 머릿속에 기계가 심겨 있다면 인간이었던 기억을 보존한 채로 죽을 수 있을 것이라고 말했다

열차에 탄 승객들은 모두 기계인간이 되기 위해

부품을 찾으러 떠나는 자들이었다 모리키 씨 또한 기계인간이 되기 위해 마지막까지 노력했지만 그는 오직 인간만이 모든 인류를 구할 수 있을 것이라고 생각했다

그의 사인은 감전사였다 나무인간은 불에 다 탄 뒤에 자신에게 몸이 없어도 아주 잠시 동안 기억이 존재한다는 것을 알았다 신이 준 마지막 특혜처럼 연기가 피어올랐다

뻗어가는 숨을 보면서

그럼 모리키 씨는 어디로 가는 건가요? 한 승객이 물었다 누구도 대답할 수 없었지만 열차 밖으로 행성들이 빛나고 있었다 열차는 조용했다 언제든

떠날 채비를 한 사람처럼 나무인간의 가방은 한없이 가벼웠다

　몇 년 전까지만 해도 인간들은 사랑하는 사람을 떠나보내고 마음속에 짐 한 덩어리씩을 넣고 다녔다고 했다 빛을 가까이에서 볼 수 없어 그것이 신의 사랑인 양 무겁게 걸어 다녔다고 모리키 씨가 내게 해준 이야기였다

　반원의 빛들이 무덤 모양처럼 통로에 쏟아지고 있었다
　돌아온 승객들 중에 모리키 씨는 없었지만

＊ TV판 「은하철도 999」 21화, 마지막 내레이션.

그래도 열차는 멈추지 않고

밖은 아무 일도 없는 것처럼 깜깜했다 나는 모리키 씨가 앉았던 자리에 잠시 앉아보았다 잠을 자는 승객도 말을 꺼내는 승객도 없었다 그는 이 자리에 앉아 무슨 생각을 했을까? 그가 앉았던 자리에선 지구가 작게 보였다 내가 앉은 자리에선 아무것도 보이지 않았지만

멀어져 가는 것들을 보고 있었구나
나는 앞으로 그는 뒤로 가고 있었구나

그의 좌석 위로 먼지들이 떠돌아다녔다 창밖의 별들이 우주를 유영하는 것처럼 이곳에는 떠돌아다니는 게 많아 보였다 이젠 모리키 씨도 그들 중 하나겠지 그가 신을 믿는 것처럼 나는 그의 선택을 믿었다 그가 어디로 갔는지 알 수 없지만 순식간에 열

차 밖으로 빠져나가는 것들이 있었고 잡으려고 하면 자꾸 놓치는 먼지들도 있었다 나는 그를 따라 등받이를 뒤로 젖혀보았다 전등이 희미하게 깜빡이고 있었다 그것을 오래도록 보며 나는 그를 따라 뒤로 가고 있었다

　어둠 속에는 유난히 더 어두운 곳이 있었고 열차가 그곳을 지날 땐 모리키 씨의 마지막처럼 반짝하고 빛이 났다 그가 내게 마지막으로 안부를 건네듯 그래도 열차는 멈추지 않고 계속해서 달렸다

온다는 믿음 1

열차에서 죽은 자들은 열차 안에서 떠돌다 때가
되면 문을 열고 우주를 유영한다고 했다 그들 때문
에 우주가 더욱 광활해지는 것이라고 열차에 올라
탄 사람들은 어떻게 하다 이런 사실을 알게 되었을
까?

창문 틈 사이로 바람이 조금씩 새어 들어왔다 헛
기침을 하는 사람과 물을 마시는 사람 사이에서 나
는 손바닥을 펼쳤다 쥐었다 해보았다 함께 있다는
기분 모리키 씨는 종종 그렇게 느낀다고 주먹을 꽉
쥐고 흔들면

사람들은 죽은 자가 산 자를 괴롭힌다고 생각하
지만 사실은 산 자가 죽은 자를 따라가기 위해 괴롭
히는 것이라고 죽은 자는 그걸 안 이상 산 자의 곁

에서 영원히 떠나지 못하게 되는 것이라고 모리키 씨가 말해준 것처럼 그가 우주를 유영하기 위해서는 아무 일도 없는 것처럼 가만히 손을 쥐고 있어야만 했다

　어둠을 오래 보다 보면
　창문이 생겨났고

　넓고 큰 창을 손바닥으로 쓸어보면 어둠이 흩어졌다 열차 밖으로 떨어지는 빛들을 손으로 잡을 수 없어서 창문 모서리에 조용하게 고여 있는 울음들 승객들 중 누군가는 계속해서 두리번거렸고 누군가는 옆 칸으로 가서 다시는 돌아오지 않았다

　바람이 불어 문이 열릴 때마다

나는 계속 고개를 돌려보았다

산 자도 죽은 자도 모두 다 함께 종착역을 향해
달려가고 있었다

속도 좀 줄이세요

운전하는 사람이 속도를 줄이지 않는다

그렇게 달리면 위험할 뿐인데
우리에게 집이 사라졌다는 사실도 까먹고 달릴
뿐인데

너무 어두워 주변이 보이질 않는다

어둠 속에서 어둠을 잡으려고 일어서면
오히려 놓치게 되고

도로 한가운데에서 죽고 싶진 않지만 죽고 싶은
마음은 뭔지 너무 잘 알 것 같아서

빗방울이 창문을 두드린다

너무 빨리 달리면 모든 게 사선으로 보이고 시야가
흐려진다
　어둠 속에도 더 큰 어둠이 있다는 사실에

　두 눈을 질끈 감는다

　어둠이 코앞에 있다
　코앞에서 자꾸만 놓치는 기분이 든다

　여기가 정말 맞아요? 물어보면
　여기가 정말 맞아요, 라고 돌아오는

　운전자가 속도를 줄이지 않는다

　속도를 가져봤자 아무 소용이 없을 텐데 그런 건

먹을 수도 손에 쥘 수도 없을 텐데

　떨어지는 바위와 나무들
　너무 세게 달려 나도 절벽 아래로 떨어질 것만
같다

　어둠 속에 오래 있으면 오히려 주위가 환해질 거
라는 말을 들은 적이 있다

　속도를 줄여야 하는데
　그렇지 않으면 나와 더 멀어질 뿐인데

온다는 믿음 2

어떤 마음은 돌처럼 깊숙이 박혀서
빠져나올 생각을 하지 않는다고

그는 요새 죽는 꿈이 아니라
사라지는 꿈을 꾼다고 말했다

그건 조금 다르다고

죽는 건 아무 생각이 들지 않지만
사라지는 건 천천히 느려지는 것이라고 했다

그가 돌무덤을 다 쌓을 때까지

나는 가만히 그를 쳐다보았다

그가 자리로 돌아가 앉을 때까지
그의 영혼이 이곳을 떠날 때까지

어디선가 마음 하나가 굴러 들어왔다

어떤 상가

집 앞 골목에는 항상 공사 중인 곳이 있다. 새로운 가게가 입점할 예정이라고 하는데 천장이 뜯겨 있거나 전선이 내려와 있거나 둘 중 하나이다. 내일은 완성되겠지. 조금만 더 기다리면 사람들이 바글바글하겠지. 어떤 상가는 늘 비어 있고, 어떤 상가는 늘 공사 중이다. 어떤 상가는 잠시 누군가에게 빌려주고, 어떤 상가는 금방 치워진다. 무엇이 있었는지도 모를 만큼 고지서들이 쌓여간다. 문틈 사이로 자꾸 무언가를 넣는 사람이 있고, 그곳에 손이 들어가기만 한다면 종이를 가지런히 정리하고 싶다고 생각하며 걸어가는 사람도 있다. 식당이었던 곳은 그다음에도 식당이 들어온다고 한다. 별다른 시공 없이 바로 장사를 시작할 수 있기 때문에. 이렇게 훤히 들여다볼 수 있구나. 이렇게 훤히 통유리창 너머로 상가 안을 바라볼 수 있다. 어떤 상가는 사람보다 의자가 더 많고, 어떤 상가는 냄새를 빼려고 하루 종일 문을 열어두기도 한다. 어떤 상가는 반년 동안 할인 판매를 하고, 어떤 상가는 그동안 찾아와 주셔서 감사하다는 문구를 써 문 앞에 붙여놓기도 한다. 가만 보면 상가는 어디에나 있다. 이렇게 조용하게 상가를 따라 조금만 더 내려가면 순식간에 시끌벅적해지고 제철 과일을 싸게 판다고 외치는 소리에 잠시 어디를 가려고 했는지 헷갈린다. 집 앞 골목에서는 아직도 공사를 하는 중이겠지. 공사가 끝났다고 하더라도 또 다른 공사를 계속하는 중이 겠지. 어떤 상가는 무엇이 있었는지도 기억나지 않을 만큼 금세 사라져버린다. 골목 깊숙이 들어가면 어떤 집들은 누가 살고 있는지 아무도 모를 만큼 조용하고 또 조용하다.

치과에 갔다

　나는 작고 조용한 방에 들어가 입을 아 하고 잠시 벌렸다가 이내 앙 하고 다문다 간호사 선생님은 잠시만 기다리라고 다 끝날 때까지 눈을 뜨면 안 된다고 당부한다 나는 나의 뼈를 한참 동안 들여다본다 이렇게 자세한 엑스레이 사진은 왠지 모르게 죽은 사람의 것 같고 사람의 뼈를 이용해 납골당을 만들었다는 체코의 한 예배당이 떠오른다 예배당에서는 분명 예배당 냄새가 나겠지 치과에서 치과 냄새가 나듯이 살면서 무언가 썩은 냄새를 맡아본 적이 있고 그래서 두 눈을 질끈 감아본 기억이 있고 예배당에서 기도를 드릴 때 얼굴을 한없이 찡그리는 사람들을 본 적이 있다

　초록색 면포가 얼굴을 덮는다 예배당에 있는 샹들리에처럼 무명등이 너무 눈부셔도 내가 무슨 생

각을 하는지 아무도 모르겠지 죽은 사람의 뼈를 옆에 놔두고 기도를 하는 사람의 마음은 어떤 것일까나는 가만히 누워 치료를 받는다 죽은 사람처럼 가만히 누워 예배당 한쪽 벽면을 다 채운 유골들을 생각한다 그들도 살아생전 기도를 했겠지 그런 생각속에서 입안에 물이 차오른다 기계가 돌아간다 무언가 깎여 나가고 있다 나의 일부였던 치아가 가루처럼 떨어져 나간다 떨어져 나간 곳은 치아와 가장비슷한 재료로 다시 채워 넣는다 아무 일도 없었다는 듯이 윗니와 아랫니를 맞추기 위해 나는 턱을 움직여본다 아직 살아 있는 사람처럼

　치료가 끝나면 물을 마시고 뱉어야 한다 나는 얼얼해진 한쪽 볼을 붙잡고 다시 입을 아 하고 벌렸다가 다시 앙 하고 다물어본다 체코의 예배당에서

는 벽면 가까이 가면 정말로 사람 썩은 냄새가 난다고 한다 그것을 보러 오는 사람이 있다고 누구는 코를 막고 뛰쳐나가지만 누구는 그곳에서 편히 기도를 드린다고 한다 나는 너무 오랫동안 입을 벌리고 있었다 정교하게 맞춰진 뼈들 사이에서 새로 치료한 이빨을 혀로 만져본다 입안 어딘가에 아직도 가루가 남아 있는 것만 같다

컴컴한 것과 캄캄한 것

계속해서 같은 풍경이 반복되었다
덜컹거릴수록 멀미가 심해져갔다

열차의 안과 밖을 잘 구분하기 위해서
어두운 창을 뚫어져라 쳐다봐야만 했다

컴컴한 것과 캄캄한 것
깜깜한 것과 껌껌한 것

어둠에도 여러 종류가 있었고

어두컴컴한 것을
뚫어지게 쳐다봐도

죽은 사람을 이해하기 위해서는

생각해야 할 것들이 너무 많았다

승객들은 서로의 등을 두들겨주었다

누군가는 화장실로 달려나갔고
누군가는 그 자리에서 헛구역질만 해댔다

인간의 몸에선 무엇 하나 쉽게 나오는 게 없었다
밖에서 보이는 게 전부가 아닌 것처럼
무엇 하나 쉽게 얻는 게 없었다
영혼 또한

한참을 두드려도
모리키 씨는 여전히 돌아오지 않고

어둠이 계속해서

우리를 따라오고 있었다

화가의 일

화가는 붓과 물감을 사기 위해 열차에 올라탄다
마을 사람들은 이미 일을 찾으러 떠난 지 오래다 화
가 또한 할 수 있는 일이 많지 않아서 그림을 그려
야지 화가라고 불릴 수 있으니까 열차에 사람들이
점점 많아진다 문이 열릴 때마다 빛이 잠시 들어왔
다 이내 사라진다

지긋지긋해
옆에 앉은 승객이 말한다

열차는
움직이고 멈추고를 반복하면서

앞으로 갔다가 다시 되돌아오는

일을 한다 그렇게 다시는 돌아오지 않겠다고 다짐하는 사람들 사이에서 화가는 그림을 그릴 수 있다고 외친다 누군가 화가에게 다가와 누가 한가하게 앉아서 이런 걸 구경하고 있겠느냐고 묻는다 화가는 대답할 수가 없고

건물과 건물 사이 새로운 역이 만들어지고 있다 화가는 역 앞에 앉아 사라지는 집을 세다가 그만둔다 높게 솟아오른 나무 사이로 새들이 지나간다 화가는 붓을 들고

순간을 기록하기

화가의 일은 그런 것이라고 생각한다 밤이 되자 화가는 다시 열차에 올라탄다 마을과 가까워질수록

창고가 늘어나고 휘어진 전깃줄과 그 위로 잠을 자고 있는 작은 새들 마을은 춥고 어둡다 불빛들이 사라지고 갈대들이 좌우로 흔들린다 색들이 점점 물속으로 잠기고 있다 창문 밖으로 마을이 작게 덜컹거린다 문이 열려도 빛이 들어오지 않는다

　　짐 가방을 들고 마지막 행선지에서
　　화가는 생각한다

　　열차를 타고 내릴 때마다 자신이 이 풍경을 마지막으로 관찰하는 사람일 수도 있을 것이라고 오늘도 화가는 유령처럼 이곳저곳을 거닐다 집으로 돌아간다

저수지는 깊고 고요해

여름이어서
여름이 와버려서

우리는 할 이야기가 너무나 많았고

모두 나무 밑에 앉아
아이스크림을 나눠 먹듯 무서운 이야기를 주섬
주섬 하나씩 꺼냈지

다들 잘 지냈냐고 물어보고 싶었지만
너무 오랜만이라 내 차례는 오지 않았고

이러다 여름이 다 가버리면 어쩌나 생각했을 때
한 친구가 물었지

너는 뭐 없냐고

나는 사람도 무섭지만 사실 귀신도 무섭다고 말
했지

친구들은 일제히 나를 쳐다보았고 모두 손뼉을
치며 웃었지
나무가 뿌리째 흔들리는지도 모르고
몸이 조금씩 떠올랐지
나는

다음 장면을 알았기 때문에 웃을 수 없었고

저수지에 대해 말했다
저렇게 보여도 밤에 낚시를 하면 사람이 건져 올

려질 수도 있다고

　꿈속에서는 몸이 마음처럼 움직이질 않아
　두 번이나 친구가 죽어가는 것을 목격했지

　저수지는 깊고 고요해서 함부로 가면 안 됐고 우
리에겐 함부로 하면 안 될 것이 너무나 많았기 때문
에

　친구 한 명이 저수지에 빠진 친구를 구하려다 그
만 둘 다 죽어버렸지

　여름이어서
　또다시 여름이 와버려서

친구들을 꿈속에서 만날 수 있었고
다들 잘 살았냐고 정말 오랫동안 물어보고 싶었
는데

사람도 귀신도 무서워해서

물속으로 가라앉고 있는 친구들이
도대체 무엇인지 분간이 가질 않아서

내 차례가 왔을 때 나는 입을 꾹 다물고 있었지

2부

여전히 그의 머리 위로

우주를 여행하는 자들이 있었다

나무들의 합창
―모리키 씨를 기억하며

　모르는 사람들과 화음을 맞췄다 무언가 목에 걸린 듯했지만 노래는 흘러나오고 너무 긴장한 탓에 잔잔하게 불러야 할 곳에서 애드리브를 넣어 불러버렸다 음을 너무 높게 잡아 음 이탈이 나기도 했다 공연이 끝나고 대기실로 돌아왔는데 꽃과 함께 양복을 입은 사람들이 한꺼번에 들어왔다 사람들이 수군거리기 시작했다 거울이 뿌옇게 흐려지고

　긴 복도를 따라 걸었다

　한참을
　걷다 보니

　문 앞에 서 있던 아이가 갑자기 내게 달려와 푹 안겼다 감사하다고 이렇게 와주셔서 정말 기쁘다고

팔을 잡고 강당으로 들어섰다 졸업식과 입학식이
동시에 진행되는 곳에서 다시 마이크를 잡고 단독
공연을 펼쳤다 노래가 끝나자 모두 일어나서 손뼉
을 쳤다 감사의 의미로 품에 안을 수 있는 작은 화
분도 받았다 아이는 마저 씨앗 몇 개를 내 손에 쥐
여주고

복도 바깥으로 나무들이 즐비하게 서 있는 것을
보았다 나무 안에는 또 다른 나무가 숨겨져 있었고
키가 큰 나무와 키가 작은 나무가 번갈아 가며 놓여
있었다 바지 주머니에 손을 넣자 씨앗들이 가득했
다 그 자리가 누구의 축하 자리였는지 누구의 추모
자리였는지 도통 기억이 나질 않았지만

무언가를 심어보려고

숲길로 이어진 길을 계속해서 찾고 있었다

숲 1

　꿈속에서 나는 그가 있다는 숲속으로 들어갔다 숲 한가운데에는 집 한 채가 놓여 있었다 생전에 그가 말해준 집과 비슷했기 때문에 나는 그가 그곳에 있을 것이라고 생각했다 숲속은 고요했다 누가 올 만한 곳은 아니었지만 바람이 왼쪽에서 오른쪽으로 다시 오른쪽에서 왼쪽으로 불었다 잎사귀들이 마구 흔들렸다 인간으로 태어나 다시 나무의 삶으로 돌아간 모리키 씨는 이층에서 그림을 그리고 있었다

　그는 이젤 앞에서 조용히 턱을 괴고 앉아 있었다 붓으로 무언가를 그리고 있었다 그를 비추고 있던 램프가 밝아졌다가 서서히 줄어들었다가 커튼 사이로 그가 나타났다가 사라졌다가 그는 반복되고 있었다 그는 나를 보지 못하는 듯했다 나는 조용히 숲속을 빠져나와 흔들리는 나무들을 바라보았다 바람

이 불어 뒤를 돌아보니 나무로 뒤덮인 집은 어느새
하나의 큰 무덤이 되어 있었다 그곳에서 모리키 씨
는 백발의 노인이 되어 계속 살고 있었을까? 멀리
서 우는 소리가 들려왔다 여전히 그의 머리 위로 우
주를 여행하는 자들이 있었다

깨진 백자

여기 깨진 백자 하나가 놓여 있다. 조각과 조각 사이 작은 구멍들이 생겨난다. 누군가 실금 사이로 들어오는 빛을 한참 동안 바라본다. 백자 안은 하나의 작은 무덤 같아서 그 사이로 영혼 하나가 빠져나가는 것을 볼 수 있다. 그 영혼은 사람들의 뒤를 따라서 머리 위에 올라갔다가 옷에도 붙었다가 이내 떨어져서 한참을 굴러다니다가 조금 웃다가 지쳐서 의자에 앉아 있다. 꽤 오랫동안 유심히 다른 유물을 관찰한다. 조금씩 슬퍼지다가 끝내 울다가 이내 백자 앞으로 다시 돌아온다. '이것이 우리의 과거이자 미래이자 현재이다' 박물관 앞에는 그런 말이 쓰여 있다. 한 손으로 잡히지 않는 슬픔을 쥐고 걸어가는 사람들. 이곳은 너무나도 고요하다. 너무 작아서 두 눈으로 구멍을 오래 관찰해야만 한 영혼이 울고 있는 것을 볼 수 있다. 우리가 모르는

신의 얼굴이 있듯이. 깨진 백자 앞에서 갑자기 눈물을 흘리는 사람도 있다. 영혼 하나가 불쑥 잘못 들어간 것처럼.

맨홀

소란스럽다

세수를 마치고 나왔는데 수건에서 유칼립투스 냄새가 난다 창밖엔 아이들이 모여 앉아 무언가를 보고 있다

어떻게 해야 하지?

자세히 보니 개미굴을 보고 있다 큰 개미들이 줄 지어 지나간다 아이들 사이로 지나간다 아이들은 어떻게 할 줄 몰라 제자리에 멈춰 서 있다 먹을 것 을 주고 싶은데 개미는 너무 작고 차는 너무 위험하 게 달린다

조용히 해야 해

숨을 죽인 채로 한 명이 말하자 작은 목소리로 모두가 그렇게 말한다 모두가 고개를 끄덕이고 마지막 개미가 구멍에 들어갈 때까지 아이들은 조용히 바라만 보고 있다 아이들은 책가방을 들어 조심조심 이동하고 코너를 돌 때까지 계속해서 이쪽을 뒤돌아본다

아이들이 다 사라지면
어느새 거리는 조용해지고

밤이 되자 밖에서 쇠 부딪히는 소리가 들려온다 맨홀 뚜껑이 열려 있다 그 속으로 긴 케이블 하나가 들어가고 사람들도 하나둘씩 따라 들어간다 이렇게나 깊게 들어갈 수 있나 싶지만 아이들이 개미를 바

라보았던 것처럼 나는 맨홀에 들어간 사람들을 한
참동안 바라본다

  그들이 안전하게 나올 때까지 기다리고 또 기다
린다 언제나 구멍 안쪽은 위험천만해 보이고 안전
모를 쓴 사람들은 쉽게 잠들지 않는다

숲 2
—나무인간

어느 날 길을 걷다 나무로 된 인간을 만났다

그는 먼 훗날 자신이 기계인간이 될 것이라고

굳게 믿고 있었다

숲으로 들어간 사람들은 다시 나오지 않았다

한 사람의 등을 따라서

바람이 불고

나무 뒤에는 더 큰 나무들이

언제나

죽음 뒤에는 더 많은 죽음들이

잠시 걸음을 멈추고

숲의 안과 밖을 떠올리고
그 사이를 뚫고 자라난 나무들을 바라보았다

머릿속에는 너무 많은 나뭇잎들이
공중에는 역한 냄새가

뿌리 깊은 곳에서부터 올라오고

나는 집으로 돌아와
죽을 꺼냈다

썩은 나무들과 사라진 사람들의 냄새가 비슷하듯

곱게 갈린 죽은
턱을 많이 움직이지 않아도 소화가 잘 되었다

믿음 뒤에는 언제나 더 큰 믿음이
톱니바퀴처럼 굴러가고

한 사람의 등을 따라서
숲으로 걸어 들어가는 사람을 본 적이 있었다

숲의 안쪽에서 일어난 일은 숲의 바깥에서 영원
히 모를 일이었다

정월 대보름

달이 커보일수록 긴장이 되었다 나는 계속 옷매무새를 가다듬고 그는 나를 반갑게 맞아주었다 나는 그에게 호두와 밤이 담긴 봉지를 건네주고 안부를 나눴다

그동안 어떻게 지내셨어요? 저는 그럭저럭 잘 지냈답니다

오늘은 정월 대보름이었고 우리는 오래도록 마루에 앉아 오곡밥과 나물을 먹고 부럼을 깨 먹었다 마당에서 줄다리기를 하는 사람들도 함께 보았다

어렸을 때 나는 그네를 아주 잘 탔다고 했다 나는 지금도 좋아한다고 대답했다 그는 모두 행복해 보인다고 걱정이 되질 않는다고 말했다 어쩐지 그

런 말을 하는 사람의 눈은 가장 슬퍼 보였고 그건
오랜만에 만난 사람만이 가질 수 있는 눈빛이었다

집에 갈 시간이 되자 그는 나를 배웅해주겠다며 몸
을 일으켰다 저기까지는 함께 갈 수 있다고 그러나

마당 밖에서부터는
혼자 가야 한다고

마당에 있던 사람들이 차례대로 사라지고 마루
가 조금씩 좁아지고 있었다 알겠다고 대답한 뒤에
나는 한 번도 뒤돌아보지 않고 왔던 길을 씩씩하게
걸어 나갔다 가는 길이 너무 길어 토가 나올 것 같
았지만

왜 꿈속에선 사랑하는 이의 표정이 더욱 선명하게 보일까 이렇게 괴로운데 모두가 잠든 정월 대보름날 달이 너무나도 환했다

나의 크고 둥근 가방

도무지 어디에 두었는지 기억이 나질 않아

잃어버린 가방을 찾으러
다시 왔던 길을 되돌아간다

가방은 버스 정류장에도
점심을 먹었던 태국 음식점에도
잠시 멈춰 서서 유리창 너머로 바라보았던 꽃집
에도

있었지만
그건 내 것이 아니었고

나는 점원에게 크고 둥근 가방에 대해 설명한다
가로와 길이 그리고 깊이에 대해

그러나 태국인 점원은 그런 건 본 적이 없다고
그렇게 큰 가방을 메고 이곳에 온 손님은 없었다고
건너편 가게로 가보라고 말한다

그곳에 들른 적이 없는데
나만 빼고 모두 가방을 가지고 있는데

두 손이 가벼워진 나는
한 행인으로부터 유일하게 전단지를 받는다

'오픈 기념 특가 이벤트'
3개월보다 6개월을 6개월보다 9개월을 등록하면
할인을 해주겠다는 내용이 담긴 전단지를

접어넣을 가방이 없는데

두리번거리는 사람들이 혹시 가방을 찾고 있는
것은 아닐지 생각하게 되고
어떤 가방은 너무 깊어서 그 안에 또 다른 가방
이 있을 것만 같다

내가 찾는 건 어디에도 보이지 않고
어떤 거리는 아무리 걸어도 끝이 없는 기분이

가방과 가방 사이로
몸을 헤집고 들어가면서

나의 크고 둥근 가방에 대해 떠올려본다

이곳에는 들러야 할 곳들이

처음 본 사람들이 너무 많다

.

잔디는 자유로워

잔디는 자유로워 보여
벌레 때문에 쉽게 누울 수 없지만

사람들이 저마다 자리를 잡고 돗자리를 편다

공원에 앉아
노랫소리를 듣는다

아이들이 장난감 총을 가지고 논다
빵야 빵야

한 아이가 총 쏘는 시늉을 하자 한 아이가 잔디밭
을 구르고 둘은 어느새 왼발 오른발을 맞춰 걷는다

저 건물에선 총알 자국이 발견되었다는데

총을 쏜 사람은 없다고 한다

이곳에는 잔디를 심는 사람과 잔디를 밟는 사람
잔디 깎는 기계가 고장 난 사람 잔디에서 놀고 싶은
사람 잔디에서 자유롭지 못한 사람 그래서 울고 싶
은 사람 잔디에서 숨고 잔디에서 뒹굴다 죽은 사람
만 있다

이렇게 계속 평화롭게 앉아 있어도 되는 걸까

작은 벌레들이 주위를 빙빙 도는 것처럼
회전 교차로엔 차들이 많다

그중 한 차량은 언제든 길을 빠져나와 우리를 덮
칠 수 있다는 생각이

사고는 순식간에 일어나고
공원 한쪽에서는 깨진 거울을 주워 담는다

그새 풀들이 길게 자라 있다

초록은 자유로워 보여
이곳에서 전쟁이 일어났다는 건 비밀이지만

모두 가져온 음식을 꺼내
그것을 목구멍 속으로 깊게 넣어본다

자유를 가진 사람들이 팔다리를 길게 늘어뜨리
며 쉬고 있다

영원성

액자 안에서
사람들이 집으로 돌아가고 있었다

파열음 속에서
무너지는 건물 속에서

두 사람이 서로의 얼굴을 맞대면서

12월과 1월 사이
붕 뜬 마음속에서

그래도 가야 해 어서 빨리 돌아가야 해 중얼거리
면서
발걸음을 옮기는 사람들 사이에서

너무 쉽게 거리는 타버리고
눈과 재가 한꺼번에 흩날리고 있었다

식전 기도가 겨울 내내 이어지고 있었다

이런 날엔 꼭 함박눈이 온다고
계속해서 커튼을 치고

그런 평범함과는 무관하게
시작되는 일도 있으니까

미처 돌아가지 못한 사람들은 이곳에 남아 전시
되었다

액자 안에 담긴 영혼과

액자 밖에 있는 영혼들이 겹쳐지면서

현재의 사람들은 그것을 쳐다보고
또 쳐다보고

저기로 가보자

사랑하는 사람이 사랑하는 이를 움직이게 하기
도 하면서
놓친 그림이 있나 한참을 이리저리 살펴보았다

마냐나

　지금이 오후인지 저녁인지 알 수 없었지만 모리
키 씨와 나는 나란히 앉아 창밖을 쳐다보고 있었다
그는 내게 노래 하나를 알려주었는데 전에 살았던
곳에서 듣던 음악이라고 했다 무슨 언어인지 알 수
없었지만 그의 흥얼거림에서 따뜻함이 느껴졌다 이
노래의 제목은 마냐나라고 했다 마냐나는 스페인어
로 내일이란 동시에 아침 그리고 가까운 미래라는
뜻을 가졌다고 내게 알려주었다 그는 아침이 되면
짧게 일기를 쓴다고 했다 일기를 쓰는 건 내일이 왔
다는 증거라고 그건 종착역에 더 가까워졌다는 뜻
이라고 그가 쓴 일기에는 나의 이야기도 있다고 했
다 궁금했지만 그건 나중에 들려주겠다고 했다 나
는 감자 한 알을 으깨 모리키 씨와 함께 나눠 먹었
다 내가 밖을 쳐다보는 동안 모리키 씨는 감자를 두
쪽으로 쪼개 천천히 식사를 했다 지금이 저녁인지

밤인지 알 수 없었지만 모리키 씨는 지구라면 해가 뜰 시간이라고 곧 아침이 올 것이라고 말했다 그와 나는 아침이 올 때마다 마냐나를 외치기로 했다 앞으로 얼마나 더 가야 종착역에 도착할지는 잘 모르겠지만 모리키 씨와 나는 아침이 오기만을 기다리고 또 기다렸다

PIN

045

필름 카메라—사진

정재율

에세이

필름 카메라—사진

0

부부는 둘째 아이의 탄생 기념으로 카메라 하나를 구입하려고 한다. 점원은 최신형 카메라 하나를 추천한다. 예상했던 금액보다 초과되었기에 부부는 잠시 고민한다. 그래도 이게 다 추억이 되지 않을까? 생각하던 부부는 큰마음을 먹고 최신형 필름 카메라를 구입한다. 그렇게 집으로 돌아온 부부는 아이가 자고 있는 이층집을 처음으로 찍게 된다. 플래시 때문인지, 셔터 소리 때문인지 뭔지는 몰라도 집 안에서 아이의 울음소리가 들려온다. 부부는 사진을 찍다 말고 헐레벌떡 들어가 아이를 달랜다. 아이는 다시 부부의 품에서 잠들고 몇 시간 뒤에 깬 후 밥을 먹고 집 안 곳곳을 돌아다닌다. 그리고 다시 부부의 품에서 잠이 든다. 이 모든 모습을 놓치지 않으려고 부부는 번갈아 가며 카메라를 든다. 아이가 초등학교에 입학하게 되자 필름 카메라는 서랍 안으로 들어가게 된다. 더 좋은 성능의 카메라가 나왔기 때문이다. 그렇게 필름 카메라는 몇 번의 이사와 함께 상자 안쪽으로 깊숙이 들어간다.

성인이 된 후 줄곧 서울에서 지낸 아이는 본가에 내려가자마자 사진 하나를 발견하게 된다. 아이가 막 걸어 다니기 시작했을 무렵, 바지를 가슴 밑까지 올린 일명 배바지를 한 자신의 사진이다. 사진을 보며 한참을 웃던 아이는 불현듯 필름 카메라가 어디에 있는지 묻는다. 이 말을 들은 부부는 곧장 카메라 찾기에 돌입한다. 서랍과 상자를 뒤져 겨우 찾은 필름 카메라는 날짜 설정 기능이 작동하지 않지만

이 정도면 꽤 쓸만해 보인다. 부부는 잘 작동되는지 알아보기 위해 오래된 필름 하나를 넣어 실험해보기로 하고 아이는 바로 자세를 취한다. 부부는 성인이 된 아이를 보며 과거로 돌아간 듯 잠시 감상에 젖는다. 역사가 담긴 것이라고 농담 삼아 이야기한다. 아이도 알고 있다. 아이가 기억하지 못하는 장면이 사진에 많이 담겼기 때문이다. 아이는 카메라를 이리저리 살펴보다가 마음을 먹은 듯 가져가도 되냐고 물어본다. 가져가서 무엇을 찍을 것인지 부부가 궁금해한다. 아이는 고민하다 사람이라고 대답한다. 아이가 카메라를 들자 부부는 자세를 취한다. "그래 뭐든 잘 담아봐라, 이게 다 추억이다." 그말을 끝으로 필름 카메라는 아이의 가방 속으로 들어가고 그렇게 부부가 처음 산 필름 카메라는 아이의 집으로 오게 된다.

*

　우리 집엔 규칙이 있다. 그건 바로 우리 집에 처

음 방문한 사람들은 모두 사진을 찍어야 한다는 것
이다. 두 장을 찍은 다음 하나는 내가 가지고 하나
는 각자에게 선물한다. 처음에는 이게 무슨 일인가
싶어 어리둥절하다가도 모두들 브이를 하거나 자세
를 취한다. 금세 웃음이 터지고 나는 그 모습을 사
진에 담는다. 나는 이 모든 상황이 즐겁다. 괜스레
집에 놀러온 손님을 웃게 하는 것 같아 기분이 좋
다. 사진을 찍고 나면 우리는 밥을 먹고 소소한 이
야기를 나누다 가끔은 너무 웃겨서 뒤집어지기까
지 한다. 한참을 놀다 한 친구가 내게 묻는다. 그럼
너는 이 카메라로 찍혀본 적이 없느냐고, 듣고 보니
본가에서 실험용으로 찍혀본 거 말고는 없다. 없다
고 대답하니 친구들이 너나 할 것 없이 빨리 서보라
고 한다. 이런 기분이구나, 나는 짧게 생각하고 바
로 자세를 취한다. 여러 장을 찍은 뒤 친구는 빨리
보고 싶다며 언제 인화할 거냐고 묻는다. 나는 롤
이 다 채워지면 인화해서 주겠다고 걱정하지 말라
고 말한다. 하지만 그것보다 다음에 만났을 때 줄
수 있었으면 좋겠다고 마음속으로 생각한다. 그래,

기대할게. 그럼 또 만나자. 우리에겐 다음이 있으니까, 다음에 나눌 것이 있으니까 배웅이 즐겁다. 웃고 있는 친구들이 카메라 속에 담긴 것처럼 사진을 찍을 때 느꼈던 감정을 오래 간직하고 싶다. 그건 내가 사진을 찍는 이유 중 하나이기도 하다.

*

사진을 볼 때마다 종종 이상한 기분에 휩싸일 때가 있다. 그건 언제 보든지 간에 나의 백일 사진과 돌 사진이다. 그것은 정말 한국스러웠고 한국에서 태어난 여느 아이처럼 나 또한 동네 사진관에 가서 사진을 찍었다. 부모님의 말씀에 의하면 사진을 찍기 싫어서 울고불고 떼를 써 사탕으로 겨우 달래 사진을 찍었다고 한다. 지금 생각해보면 뭐가 그렇게 마음에 들지 않았는지 궁금해진다. 그렇게 찍힌 나의 백일 사진과 돌 사진은 본가에도 있지만 할아버지와 할머니가 계셨던 시골집에도 걸려 있다. 그곳엔 나의 사진뿐만 아니라 친척 언니와 오빠들 그리고 동생들의 사진까지 모두 걸려 있다. 나이 순서대로 걸려 있다는 점이 꽤 흥미롭지만……. 아마 할아버지 할머니께서 나이를 헷갈리실까봐 그렇게 걸어놓은 게 아닌가 싶다. 그도 그럴 것이 손자 손녀만 해도 열 명이 넘기 때문이다. 어느 날 시골에 갔더니 우리들의 사진 옆으로 할아버지 사진이 걸려 있었다. 나는 늘 순서대로 사진의 위치를 기억하고 있었기 때문에 무언가 이상하다는 것쯤은 쉽게 알 수 있었다. 머리를 깔끔하게 하고 한복을 차려입은 할아버지의 사진은 어쩐지 이상해 보였다. 나는 처음으로 생생한 사진 속에서 죽음을 보았다. 할아버지는 그 사진을 찍은 뒤 채 1년도 되지 않아 돌아가셨다.

나는 아버지와 함께 시골집으로 가 유품을 정리하다가 사진이 정말 많다는 것을 알았다. 할아버지는 연도별로 사진을 앨범에 넣어 정리해놓으셨다. 앨범 한 면엔 여섯 개의 사진이 들어가 있었고 그곳에서 우리와 함께 웃고 있는 할아버지를 발견할 수 있었다. 언제 이렇게 깔끔하게 정리해놓으셨을까.

무언가 차곡차곡 정리해놓는 나의 깔끔함은 아무래도 할아버지를 닮은 것 같았다. 앨범을 보다가 이곳에 있는 사진들은 대부분 부모님이 산 필름 카메라로 찍은 사진이라는 것을 알게 되었다. 찾아보면 할아버지와 나의 공통점은 더 많을 수 있겠지만 우리는 한 카메라와 한 필름 안에 함께 담겼다는 공통점이 있었다. 몇 개의 사진을 더 보다가 크고 묵직한 앨범을 덮었다. 마당에서는 옷과 이불, 안경 등을 태우고 있었다. 정말 활활 타오르고 있었다. 모든 게 너무 쉽게 타버리는 듯한 기분이 들었다. 하지만 사진은 태우는 것이 아니라고, 사람의 형체와 영혼이 깃든 것은 함부로 태우는 것이 아니라고 했다. 나는 그래서 그런지 몰라도 아직까지 할아버지의 사진을 보기가 어렵다. 어쩐지 계속 보다 보면 무언가 무서운 기분이 들고 꼭 어딘가에 살아계실 것만 같은 느낌이 들어 할아버지가 보고 싶어진다. 그러나 다시는 볼 수 없다는 사실을 떠올리면 또다시 무서운 기분이 들고 금세 마음이 복잡해진다.

*

잘 버리는 사람이 되고 싶었다. 어렸을 때부터 무언가를 쉽게 버리지 못했던 것 같다. 혼자 살고부터는 무엇을 버려야 하는지, 무엇을 버리지 말아야 하는지 구분이 잘 가질 않았다. 물건을 쌓아두는 습관은 더 심해졌고 나는 나중에 그것이 저장 강박증의 하나일 수도 있다는 것을 알았다. 집에 생필품이 딱 하나만 남아 있다는 사실을 알게 되면 마음이 쉽게 불안해졌다. 늘 두 개 이상은 서랍장 안에 구비되어 있어야 안심이 되었다. 서너 장 넘게 사진을 찍는 것도 이런 이유 때문일까? 우리 집엔 정말 물건이 많다. 이 물건들에겐 모두 제자리가 있고 나는 그 자리를 누군가가 침범하는 것을 별로 좋아하지 않는다. 그들에겐 그들의 공간이 있다. 문제는 전혀 쓰이지 않은 채 그 자리를 너무 오래 차지하고 있는 물건인데도 버리지 못한다는 것이었다. 지금도 언젠가 쓸모가 있었을 것이라고 생각하지만…… 이사를 다니게 되면서 어쩔 수 없이 소중한 물건들을 조금씩 버릴 수밖에 없었다(그래도 여전히 많은 것 같다). 그럼에도 불구하고 버리지 않는 건 사진과 카메라, 그리고 책이다. 이사를 할 때마다 나는 멋쩍은 표정으로 책이 너무 많아 죄송하다고 말하게 된다. 짐을 나르다 누군가는 책이 이렇게 많은데 정말 다 읽었냐고 공부를 잘하시냐고 묻는다. 나는 그책을 다 보지도 않았고 공부를 잘하지도 않았기에 대답하기가 어렵다. 사실 책은 책장에 있는 것만으로도 내게 큰 위안을 준다. 정리하다 보면 정말 이책들을 언제 다 읽지? 생각하게 되지만 분명 언젠가는 다 읽으리라 다짐하면서 책장에 책들을 꽂아넣는다.

작년 수업 시간에 사진 이미지와 시가 어떻게 연결되는지에 대해 배운 적이 있었다. 교수님은 사진과 시가 별반 다르지 않다며 프레임과 프레임 바깥을 떠올려보라고 말씀하셨다. 프레임 안에 있는 것들은 오히려 프레임 밖에 있는 것들을 떠올리게 한다는 것이었다. 듣고 보니 정말 그랬다. 사진은 포

착된 순간을 프레임 안에 담아내지만 사진을 보는 우리는 프레임 바깥의 상황까지도 떠올릴 수 있었다. 시 또한 어느 한 순간에 관해 쓰지만 독자들은 페이지 너머에 있는 장면을 상상하고 더 먼 세계까지도 갈 수 있었다.

그런 점에서 사진은 프레임 속의 과거와 대화를 나눌 수 있다는 점이 가장 좋다. 그 과거와 현재의 순간이 겹쳐지는 것이 좋다. 사실 사진은 바깥에 꺼내어져 있기보다 서랍 안쪽에 숨어 있기 마련이었다. 한참을 까먹고 있다가 대청소를 하거나 혹은 이사 준비로 정리를 할 때 발견되는 물건 중 하나였다. 사진은 추억에 잠겨 한참을 그 자리에 머무르게 하고 몇 살이었는지 기억도 안 날 만큼 아주 어릴 적 모습을 보며 과거와 대화할 수 있도록 만들어준다. 그러고 보니 시인과 사진작가의 일은 정말 다르지 않아 보인다. 사진작가가 피사체의 감정을 끄집어내고 그것을 사진으로 남길 때, 시인은 일상에서 무언가를 포착해 언어로 기록한다. 장면은 쉽게 감정을 불러일으킬 수 있다. 사진을 찍을 때마다 나는 언제나 좋은 기억이든 좋지 못한 기억이든 사진에 그 순간의 감정이 담기길 바랐다. 그런 마음으로 친구들과 동료들, 동물들과 식물들, 풍경 그리고 부모님의 사진을 찍었던 것 같다. 그리고 그렇게 인화된 사진은 언제 꺼내 보더라도 조금 더 단단하고 성숙한 마음으로 볼 수 있었으면 좋겠다고 생각했다. 여전히 무언가를 잘 버리는 사람이 되고 싶지만 말이다.

*

　잘 살아 있었니? 요즘엔 친구들에게 잘 지냈냐고 물어보지 않고 잘 살아 있었냐고 물어본다. 그럼 친구들은 죽다 살아났어라고 웃으며 말한다. 나는 참 다행이라고 생각하고 저번에 찍었던 사진을 책과 함께 선물한다. 친구들은 과거의 자신을 보느라 정신이 없다. 나 이렇게 생겼어? 나 저 때 왜 그랬지? 돌아오는 말들은 모두 비슷하다. 그래도 보다 보니 잘 나왔다고 오래 간직하겠다고 책도 잘 읽겠다고 말한다. 우리는 여전히 밥을 먹고 커피를 마시고 소소한 이야기를 나누다 이건 정말 웃긴 이야기라며 다시 뒤집어지곤 한다. 그러니까 죽지 말고 오래 살자고 말한다.

사실 내가 사용하고 있는 필름 카메라는 유명하지도 썩 좋은 성능을 가진 카메라도 아니다. 가끔 누군가는 카메라를 바꿔보는 게 어떻겠냐고 말하지만 나는 농담 삼아 역사가 담긴 것이라 그럴 수 없다고 말한다. 그냥 부담 없이 오랫동안 사용하고 싶다고 말한다.

어렸을 때부터 각진 게 좋았다. 네모난 프레임이 좋았고 그 프레임 안에 철학이 담겨 있어 좋았다. 누가 찍고 무엇이 찍히느냐에 따라 많은 것들이 달라지겠지만 한 사람의 철학이 담겨 있는 것을 보는 게 좋았다. 어쩐지 사진을 계속 보다 보면 덜 외로운 느낌이 들었다. 정말로 함께 있는 듯한 기분이 들었다. 각진 것 안에 추억이 들어가서 좋았다.

부모님이 잘 물려주신 덕분에 나는 가장 소중한 것들을 프레임에 담아 사진으로 간직하고 있다. 반려라는 개념이 아직 나에게는 낯설지만 카메라와 사진이 반려라는 범주에 포함된다면 이 필름에 가족도 친구도 동물도 풍경도 내가 사랑하는 모든 것들을 다 담아 볼 수 있어서 좋다.

언제나 사진관에서 나와 인화된 사진을 볼 때면 이렇게 웃었구나, 이렇게 웃을 수 있구나, 생각하게 된다. 나는 사진을 가방에 넣고 조금은 기쁜 마음으로 발걸음을 옮긴다. 좋아하는 것을 오래 좋아하고 싶다고 생각하면서.

온다는 믿음

지은이 정재율
펴낸이 김영정

초판 1쇄 펴낸날 2023년 3월 25일
초판 2쇄 펴낸날 2023년 11월 8일

펴낸곳 (주)현대문학
등록번호 제1-452호
주소 06532 서울시 서초구 신반포로 321 (잠원동, 미래엔)
전화 02-2017-0280
팩스 02-516-5433
홈페이지 www.hdmh.co.kr

ISBN 979-11-6790-192-7 04810
ISBN 979-11-6790-138-5 (세트)

* 책값은 뒤표지에 있습니다.

현대문학 핀 시리즈 시인선